FATE

PINAK DAS

Made with ♥ on the Notion Press Platform
www.notionpress.com

uyuyygctiugtftttttttttttttttt

Contents

Foreword

yyyuyiohjhuvrfdsrdsrvryv

Preface

poizsmzjxhjxhjxhnbsjwndhjnwdijidh

Acknowledgements

hhhhhhhhhhhhhhhhhhhhhhhhhhhhhhhhhhhhhhhhhhhhh

Prologue

hhhhhdhhdhhhhdhdhdhhhhh

CHAPTER ONE

hbbvgcfgcgvbgb

CHAPTER TWO

w

w

ww

w

w

w

www

w

www

wwwwwwwwwww

w

ww

w

ww

w

w

w

w

ww

w

w

w

w

w

w

ww
w
w
w
w
w
w
w
w
w
w
w
w
w
wwww
wwwww
wwww
ww
w
w
w
w
w
w
w
w
w
w
w
w
w
w
w
w

FATE

W
W
W
W
W
W
W
W
W
W
W
W
W
W
W
W
W
W
W
W
W
W
W
W
W
W
W
W
W
W
W
W
W

w
w
w
w
w
w
w
w
w
w
w
w
w
w
w
w
w
w
w
w
w
w
w
w
w
w
w
w
w
w
w
w
ww

w
w
w
w
w
ww
w
w
w
w
w
w
w
w
w
w
w
w
w
w
w
w
w
w
w
w
w
w
s
s
s
s
s

s
s
s
s
s
s
s
s
s
sssssss
sss
sssssss
sss
ssss
sss
sss
sss
sss
ss
s
ssss
ss
s
s
s
s
ss
s
s
s
s
s
s

S

S

Printed by Libri Plureos GmbH in Hamburg,
Germany

9 798889 863151